Analyse de l'œuvre

Par Cécile Dupuy

C'est arrivé la nuit

Marc Levy

lePetitLittéraire.fr

Analyse de l'œuvre

Par Cécile Dupuy

C'est arrivé la nuit

Marc Levy

Rendez-vous sur lepetitlitteraire.fr et découvrez :

Plus de 1200 analyses
Claires et synthétiques
Téléchargeables en 30 secondes
À imprimer chez soi

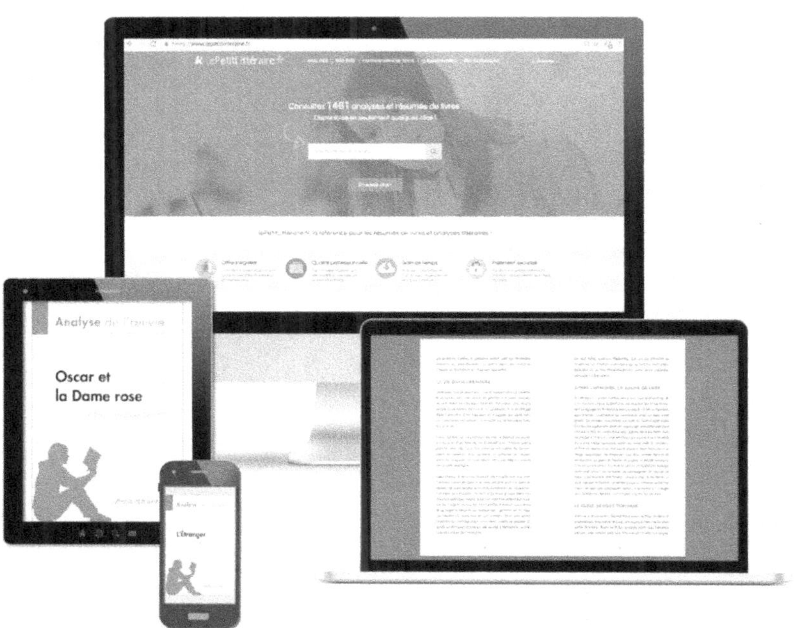

C'EST ARRIVÉ LA NUIT

UN THRILLER POLITIQUE EN MULTIPLEX

- **Genre :** roman
- **Édition de référence :** *C'est arrivé la nuit*, Paris, Robert Laffont / Versilio, 2020, 398 p.
- **1ʳᵉ édition :** 29/09/2020
- **Thématiques :** Hackeurs, Internet, Groupe, Politique, Complot, Actions illégales, Puissants, Amitié.

C'est arrivé la nuit est le premier tome d'une nouvelle série intitulée « 9 », du nom du groupe de hackeurs qui en constitue les personnages. Marc Levy y dresse le portrait d'un groupe de hors-la-loi, virtuoses de l'informatique, qui mettent leur savoir-faire au service de la bonne cause : ils traquent les puissants corrompus pour rétablir un peu de justice et d'honnêteté dans le monde. Mais cette quête louable s'avère très dangereuse et ces Robins des bois modernes risquent leur vie chaque jour un peu plus en s'attaquant aux « fauves » des multinationales.

Bien loin de ses premiers romans au charme romantique, Marc Levy signe ici un roman politique qui vise à dénoncer la corruption des personnes les plus haut placées, tout en soulignant l'importance des données numériques.

C'est arrivé la nuit est le 22ᵉ roman de Marc Levy et s'est déjà écoulé à plus de 200 000 exemplaires en 2020. Cet opus est aussi le premier thriller du romancier. Le tome 2 de la série, *Le crépuscule des fauves*, a été publié en mars 2021.

MARC LEVY

- **Né en 1961 à Boulogne-Billancourt**
- **Quelques-unes de ses œuvres :**
  - *Et si c'était vrai* (2000), roman
  - *Toutes ces choses qu'on ne s'est pas dites* (2009), roman
  - *Le voleur d'ombres* (2010), roman

Avec 22 romans parus depuis 2000, Marc Levy est un auteur prolifique, mais aussi plébiscité par le public : cinquante-millions d'exemplaires de ses livres ont été vendus dans le monde entier (il est traduit dans près de cinquante langues), faisant de lui l'auteur français contemporain le plus lu. Rien ne le prédestinait pourtant à ce succès littéraire puisqu'il a démarré sa vie professionnelle à la Croix-Rouge, pour ensuite créer une société d'images de synthèse (conséquence de ses années d'étude en informatique et gestion à l'Université Paris-Dauphine) et diriger un cabinet d'architecture. Marc Levy rêvait d'écrire pour la jeunesse, et c'est d'ailleurs pour son fils qu'il rédige *Et si c'était vrai*, publié en 2000 chez Robert Laffont, dont le succès foudroyant le place d'emblée sous les projecteurs. Depuis, ce succès ne s'est pas démenti et l'auteur favori des Français s'est essayé à la réalisation (*La Lettre de Nabila*, pour l'ONG Amnesty International), au métier de parolier, et à la littérature jeunesse avec l'adaptation de son roman

Le voleur d'ombres pour les plus jeunes. Plusieurs de ses romans ont été adaptés au cinéma ou en séries télévisées : *Elle & Lui (PS From Paris)*, *Toutes ces choses qu'on ne s'est pas dites*, *Le Voleur d'ombres*, *Replay (Si c'était à refaire)*.

C'est arrivé la nuit est une saga technopolitique qui met en scène des « robins des bois » modernes. Ces neuf hackeurs, dont le groupe est dénommé « 9 », luttent contre les méfaits des « fauves », ces puissants qui cherchent à s'enrichir avant toute considération éthique ou morale. Ensemble et séparément, ces neuf jeunes gens « grey hat », des hors-la-loi qui œuvrent pour le Bien et qui vivent à Madrid, Tel-Aviv, Paris, Londres, Rome, ou encore Oslo, utilisent leurs connaissances en informatique pour déjouer les malversations et les manigances de grands patrons pharmaceutiques ou des sociétés agro-industrielles, des lobbyistes véreux, ou encore de groupuscules néonazis.

Ekaterina et Mateo, par exemple, espionnent le « conseiller en communication politique » Stefan Baron, un ex-lobbyiste fortuné devenu propagandiste qui travaille à l'avènement des autocraties en Europe. Son objectif est de faire basculer le continent européen tout entier pour entrer dans le club fermé des plus grandes fortunes mondiales. Les deux hackeurs découvrent qu'il aide le chef de file d'un parti politique ultranationaliste pour préparer un attentat à l'université d'Oslo et même... un coup d'État ! Au risque de leur vie, les deux « grey hat » parviennent à déjouer ce plan machiavélique, tandis qu'une idylle se noue entre eux. Mais l'assassinat du chef du parti ultranationaliste, imputé à deux immigrés clandestins après une savante et crapuleuse mise en scène, fait basculer l'opinion publique. Plus tard, à Londres, ils se rendent à une réception à laquelle assistent de nombreuses personnalités fortunées et influentes, dont le Premier ministre anglais. Ils découvrent que Stefan Baron est lié à l'ambassadeur américain en Angleterre (un ancien agent de désinformation de l'armée américaine), mais aussi à un ancien général américain, et à un magnat des énergies fossiles et lobbyiste richissime ayant déjà fortement usé de son influence pour des causes peu respectables. Ils parviennent à pirater le téléphone de Stefan Baron et comprennent qu'il va se rendre à Rome, où ils le suivent. Des élections y auront lieu dans un mois, ce qui laisse supposer une manipulation de l'opinion similaire à celle ayant eu lieu en Norvège. Ekaterina comprend que des milliardaires américains, alliés à d'anciens militaires et à des magnats de la presse populiste anglo-saxonne, tentent de disloquer le Royaume-Uni, le Brexit n'ayant été que le point de départ d'un projet politique de vaste ampleur. Mateo réalise à son tour que les puissants (les fauves) organisent le chaos mondial pour en tirer parti.

Pendant ce temps, à Madrid, Diego a découvert avec l'aide de sa sœur Cordélia – également membre du groupe 9 – que la mort de sa fiancée Alba – diabétique – est liée aux manœuvres illégales de quatre multinationales pharmaceutiques, qui ont augmenté les prix des doses d'insuline dans le monde entier, au point de rendre inaccessibles ces produits vitaux aux moins fortunés, comme Alba. Le duo de choc entreprend d'hacker les serveurs d'une filiale (Talovi) issue de l'un de ces géants, qui engrange plus de cinq milliards chaque année grâce à ce marché. Mais leur soif de vengeance les amène plus loin encore, jusqu'à voler une mallette contenant des documents compromettants, lesquels révèlent que le scandale pharmaceutique ne se limite pas à l'insuline. Ce coup de force met leur vie en danger : une amie de Cordélia, qu'un homme de main confond avec elle, y perd la vie. Toutefois, cela ne fait pas reculer l'intrépide jeune femme, qui convainc son frère de pirater les comptes bancaires des dirigeants de Talovi pour reverser l'argent aux victimes de leur avidité. Ils profitent de la tenue d'un congrès mondial pharmaceutique pour étendre leur opération à d'autres dirigeants d'entreprises peu scrupuleuses. Cordélia se rend ensuite à Londres pour mener l'enquête sur l'assassinat de la jeune femme qui a été confondue avec elle et dont le visage, atrocement tuméfié, est méconnaissable. Elle tombe entre les mains du mercenaire meurtrier et est sauvée in extrémis par son frère, venu la rejoindre.

Mais ces quatre hackeurs de haut vol ne sont pas les seuls à craindre pour leurs jours : Maya, la plus frondeuse du groupe 9, a été envoyée en mission à Istanbul pour ramener une enfant. Elle est en effet employée en tant que « courrier » par les Renseignements Généraux français, ce que les autres ignorent. Cependant, les modalités de sa mission, très étranges et inhabituelles, lui mettent la puce à l'oreille. Sa méfiance lui permet de déjouer plusieurs pièges et de profiter des charmes d'une belle conquête, mais bientôt le doute n'est plus possible : elle est dans le viseur des services secrets turcs, qui cherchent à l'éliminer. Heureusement pour elle, son ami Vitalik (autre membre du groupe 9 qui opère depuis Kiev) veille sur elle et parvient à la sortir d'un bien mauvais pas. Il organise son exfiltration pour la mettre hors d'atteinte.

À Tel-Aviv, c'est la journaliste Janice qui prête mainforte à ses comparses. Mais elle ne s'en tient pas là et enquête sur les liens qui unissent un magnat de la presse américain, un milliardaire anglais, un oligarque russe, le conseiller politique Stefan Baron et le dirigeant du parti nationaliste norvégien qui vient d'être assassiné. Elle a découvert qu'un virement émis depuis une banque offshore avait eu lieu et entreprend de trouver la source de ce virement. Mais elle risque gros, car la banque en question a pour client le milliardaire anglais Ayrton Cash, auquel elle s'était déjà attaquée (en essayant de prouver son implication déloyale dans le vote pour le Brexit), ce qui lui avait valu d'être blacklistée dans tous les journaux israéliens, à l'exception de celui qui accepte encore de lui commander des piges. Son amie Noa, agente des services de renseignement israéliens, l'aide à décrypter un mystérieux écusson et sa dénomination codée : il s'agit de l'emblème modifié des Psyops. Ces derniers sont employés par l'armée américaine pour influencer la population en terrain occupé, mais aussi pour influencer les votes lors d'élections nationales dans divers pays du monde, de manière très ciblée grâce aux données que tout un chacun laisse sur Internet. Mais le document secret piraté par Janice révèle que cet emblème modifié est probablement lié à un complot fomenté par d'anciens membres des Psyops, hauts gradés. En recoupant les informations, Janice comprend que le virement litigieux (et ceux qui suivent) a sans doute servi à financer les actions antidémocratiques de ces bandits en col blanc, notamment en Norvège. Avec l'aide de Vitalik, membre du groupe 9 basé à Kiev, elle parvient à trouver l'origine des virements douteux : ils émanent d'un des plus grands fonds d'investissement mondiaux, BlackColony Capital. Malheureusement, son amie Noa prend trop de risques pour l'aider dans cette affaire et est éliminée par sa hiérarchie, comme une collègue avant elle qui enquêtait sur les agissements d'un certain Tom Schwarson, lequel semble être l'instigateur du vaste réseau de transactions illicites entre les gouvernements russes et américains, directement liées aux affaires suivies par nos héros.

Diego envoie un message à Vitalik : « Le crépuscule des fauves est engagé ». Cela signifie qu'une alliance, formée de longue date et composée d'oligarques extrêmement puissants ayant la main mise sur l'énergie, l'industrie agroalimentaire et pharmaceutique, les médias et réseaux sociaux, s'apprête à lancer la phase ultime d'un plan savamment élaboré : il s'agit de s'accaparer les richesses des grandes puissances européennes en plaçant à leur tête des autocrates qu'ils dirigent en sous-main. Vitalik et son frère Malik décident alors de réunir l'ensemble du groupe 9 à Kiev, ce qui leur permettra d'unir leurs forces pour déjouer ce terrible complot.

ÉTUDE DES PERSONNAGES

EKATERINA

Âgée de 36 ans, Ekaterina est norvégienne et est née d'une mère alcoolique et d'un père inconnu. Elle a passé une partie de son enfance dans la rue, à lutter pour sa survie. Sauvée par une professeure de droit, elle est devenue elle-même professeure de droit à la Faculté d'Oslo. Fumeuse, elle vit dans un studio et passe tout son temps à travailler, entre son emploi à l'université et ses activités de hackeuse. Elle s'éprend de Mateo à l'occasion de leur rencontre à Oslo. Son caractère, farouche et déterminé à la fois, dissimule une grande sentimentalité.

MATEO

De son vrai nom Mao, Mateo est d'origine nord-vietnamienne. Enfant, il a pu échapper aux exécutions menées par les forces communistes grâce à son père qui a organisé sa fuite, en le plaçant avec sa sœur dans la carriole d'un fermier pour passer la frontière. Mais le véhicule a été attaqué et il n'a jamais revu sa sœur. Arrivé au Laos, il a ensuite fait partie de ces réfugiés qui ont pu gagner l'Europe. Il est installé à Milan et son entreprise d'informatique est domiciliée à Rome. De cette enfance ravagée, Mateo a gardé une blessure profonde. Froid, souvent arrogant et même condescendant, il prétend n'avoir peur de rien. Il a développé une application de géolocalisation qu'il a vendue au géant FriendsNet, un réseau social prédominant. Cette vente lui assure une sécurité matérielle très confortable, mais son entreprise continue à développer des applications à la pointe de la technologie. D'apparence négligée (barbe de trois jours, jeans et bob vissé sur la tête), il est pourtant très méticuleux et prudent. C'est lui qui a fédéré les neuf hackeurs du groupe, mais il n'en est pas l'initiateur. Il succombe au charme d'Ekaterina et entretient une romance avec elle.

DIEGO

Malgré des études en informatique, Diego est devenu le patron d'un bistrot réputé à Madrid après la mort de sa fiancée Alba, avec laquelle il a vécu un grand amour. Celle-ci, diabétique, n'avait pas les moyens de s'offrir toute l'insuline dont elle avait besoin pour assurer sa survie. Ce décès prématuré a bouleversé la vie de Diego qui n'avait que 25 ans, et l'a rendu solitaire et renfermé. Il lui faudra cinq longues années avant de faire son deuil et de se relancer dans une histoire d'amour avec Flores, une belle jeune femme négociante en spiritueux qui ressemble à Pénélope Cruz. Le jeune homme a trente ans au moment où il accepte d'aider sa sœur Cordélia à venger la mort d'Alba. Éperdu de liberté, Diego est aussi un homme d'honneur.

CORDÉLIA

Elle est la sœur ainée de Diego, mais se comporte souvent avec inconscience et témérité. Impulsive et dévouée, elle se montre très protectrice envers son frère qu'elle surnomme Chiquito. Elle aime le taquiner sur sa nouvelle fiancée, dont elle se montre un peu jalouse. Elle a étudié pendant deux ans au MIT de Boston, en cumulant les petits jobs, puis s'est installée à Londres où elle gagne bien sa vie dans une société informatique. De nature généreuse, Cordélia vient en aide à une jeune femme sans le sou, en l'hébergeant de temps à autre. Elle était très attachée à Alba.

MAYA

Maya est la plus intrépide et frondeuse du groupe de neuf hackeurs de haut vol. Elle dirige à Paris une agence de voyages qui organise des séjours de luxe pour les clients VIP des grandes entreprises, à la suite de son père. Elle travaille également pour les Renseignements Généraux français, en tant que « courrier » : elle fait passer des messages ou récupère des données lors de ses nombreux voyages à l'étranger, nécessaires à l'activité de son agence. Elle ne respecte jamais les règles du groupe, à l'exception de celle qui leur interdit de se rencontrer dans la vraie vie. Lesbienne, elle semble avoir une conquête qui l'attend dans chaque capitale, mais ne s'y attache pas vraiment.

JANICE

Née de l'union d'un diplomate israélien et d'une artiste peintre hollandaise, Janice est journaliste d'investigation. Discréditée sur les réseaux par un milliardaire anglais malfaisant sur lequel elle avait enquêté, elle ne travaille plus désormais que pour le quotidien Haaretz, en tant que pigiste. Elle vit en colocation avec David, un artiste peintre homosexuel, et a pour meilleure amie Noa, une agente des services secrets israéliens. Âgée d'une trentaine d'années, cette activiste est pleine d'énergie et se révèle une grande séductrice, parfois manipulatrice comme l'indique son expression déterminée. Elle réfléchit beaucoup et fait toujours preuve de prudence, sauf quand sa curiosité est piquée au vif. Elle est dotée d'une abondante chevelure bouclée et de grands yeux bleu cobalt, ainsi que d'une voix rauque apaisante.

VITAL ET MALIK

On sait très peu de choses sur ces deux frères membres du groupe, si ce n'est qu'ils vivent à Kiev. Vital est handicapé et ne peut se déplacer qu'en fauteuil roulant. Il a appris plusieurs langues étrangères dans des brochures touristiques, ce qui agace Maya, car il fait sans cesse des erreurs de langage. Il aide considérablement Maya et Janice durant leur enquête et leur complicité se traduit par les surnoms affectueux qu'il donne à ses protégées.

UNE FEMME ANONYME

Le neuvième membre du groupe, mystérieusement appelé « 9 », est une femme qui est interviewée au début du roman et qui raconte les aventures de ses huit acolytes durant les cinq jours que dure l'histoire. Elle disparait assez vite au profit de la narration, intervenant de temps à autre pour rappeler au lecteur le cadre de ce récit. On ignore tout d'elle, mis à part qu'elle semble en savoir bien plus que tous les autres sur les tenants et les aboutissants de leurs aventures.

CLÉS DE LECTURE

UN ROMAN AU CADRE SPATIOTEMPOREL HALETANT

Le cadre spatiotemporel est un élément clé du genre romanesque, car il ancre l'histoire dans un continuum réaliste qui permet aux lecteurs de s'identifier aux personnages et de vivre les évènements par procuration. Les seuls types de romans qui échappent à cette règle sont ceux qui relèvent de la science-fiction (comme *Dune*) ou du merveilleux (comme les *Harry Potter*, par exemple).

Marc Levy a choisi un cadre temporel très restreint puisque l'ensemble de la narration se déroule sur cinq jours seulement. Mais son choix de présenter simultanément les évènements vécus par sept des personnages l'a obligé à bâtir une structure complexe, qui donne l'impression au lecteur de voyager constamment entre Oslo, Madrid, Londres, Paris, Tel-Aviv et Istanbul. Le contraste entre ce cadre spatial à la fois immense et éclaté, et le cadre temporel restreint, engendre une tension narrative propre au thriller, mais aussi l'image d'un puzzle qu'il faut assembler très rapidement.

Le rythme de la narration est soigneusement étudié : les six premiers chapitres se déroulent à Oslo (avec une analepse de quelques jours à Paris, et une autre plus longue à Madrid), ce qui permet à l'exposition de se déployer sans perdre le lecteur. À partir du 7e chapitre, le seul comportant une date (juin 2020), le rythme s'accélère et le décompte du temps devient plus précis : il n'est plus seulement question de jours, mais aussi de soirs et de nuits. Chaque nouveau chapitre correspond à une nouvelle ville ou à un nouveau moment du cycle de 24 heures, ce qui accentue la sensation de rapidité et d'éclatement de l'espace. De plus, à partir du 9e chapitre, il est fait mention à l'intérieur même des chapitres de ce qui se passe en parallèle dans d'autres endroits où agissent les personnages, en tenant compte du décalage horaire. Ces mentions deviennent systématiques à partir du 20e chapitre, marquant une nouvelle accélération du rythme, lequel culmine dans le 29e et dernier chapitre où tout est raconté en simultané. Tout se passe comme si le lecteur, omniscient, possédait alors le don d'ubiquité et pouvait observer d'un même œil – comme sur Internet – ce qui se déroule à Londres, Rome, Kiev, et Tel-Aviv.

La mise en abyme des possibilités offertes par l'informatique et Internet, comme l'abolition de l'espace et du temps, se trouve ainsi au cœur même de la structure du roman : le cadre spatiotemporel épouse ainsi la thématique centrale des prouesses numériques dont se montrent capables les sept personnages mis en scène, prouesses qui montent en puissance en même temps que le rythme narratif s'accélère et que les lieux se multiplient.

DES HACKEURS « ROBINS DES BOIS »

Les neuf personnages qui composent le groupe de hackeurs sont des hors-la-loi. Ils enfreignent les règles juridiques concernant la vie privée, n'hésitent pas à voler données et documents confidentiels, et usent de divers subterfuges, technologiques et psychologiques, pour parvenir à leurs fins. Légalement, ils sont donc condamnables et le savent. L'auteur les range dans la catégorie des « grey hat », c'est-à-dire des hackeurs qui ne travaillent pas pour le banditisme ni pour les instances de cybersécurité, mais pour leur propre compte et dans l'optique « d'œuvrer pour le bien ». On retrouve claire-ment ici la thématique de « Robin Hood », ce personnage fictif de la littérature médiévale anglaise (par exemple dans *The Lytell Geste of Robin Hood*) qui détroussait les brigands pour distribuer leur butin aux plus démunis, et popularisé par plusieurs adaptations modernes au cinéma et à la télévision.

Comme dans *C'est arrivé la nuit*, Robin des bois n'agissait pas seul et chaque membre de sa petite troupe avait son importance, du frère Tuck à Petit Jean, en passant par Marianne ou Will l'Écarlate. La coopération et l'entraide apparaissent ainsi comme nécessaires pour mener à bien les actions justicières qui consistent à voler l'argent des impôts iniques pour le rendre à ceux qui n'ont presque rien, ou à détrousser les bandits de grand chemin. De la même manière, les différents personnages du groupe de pirates informatiques sont en difficulté à plusieurs re-prises, et seule leur coopération leur permet d'échapper aux représailles de leurs cibles, ou aux pièges qui leur sont tendus.

De plus, si les forêts d'Europe ne sont plus des endroits dangereux de nos jours – pas même celle de Sherwood ! –, il reste un terrain sur lequel bandits et justiciers peuvent se confronter : Internet et, plus généralement, les données informatisées. La métaphore des hackeurs « robins des bois » trouve pleinement son prolongement dans l'espace qui oppose les protagonistes : une vaste forêt de données, aussi touffue que celles d'autrefois, avec ses endroits exposés et ses autres dissimulés, ses boucliers défensifs et ses espions, ses pièges et ses ressources.

Pour Marc Levy, « selon l'usage qu'ils font du piratage », ainsi qu'il l'explique dans l'émission *La grande librairie* (octobre 2020), les hackeurs d'aujourd'hui peuvent être considérés comme les héritiers des flibustiers d'autrefois, c'est-à-dire des résistants à l'ordre établi, légitimes quand celui-ci entraine des dérives préjudiciables pour l'ensemble de la société. On ne peut que penser aux Anonymous et autres groupes de hackeurs justiciers, qui revendiquent leurs agissements illégaux par une lutte contre la grande criminalité de certains « cols blancs » – dirigeants de multinationales, politiciens corrompus et autres hommes d'affaires puissants contre lesquels la justice traditionnelle semble inopérante. L'auteur a d'ailleurs confirmé que ses personnages étaient inspirés de personnes réelles, tant pour les hackeurs que pour les autres. Par exemple, la journaliste qui interviewe « 9 » au tout début du roman est une transposition de la journaliste anglaise Carole Cadwalladr qui a révélé le scandale Facebook connu sous le nom de « Cambridge Analytica ».

Les personnages du groupe « 9 » apparaissent ainsi également comme des lanceurs d'alerte qui risquent leur liberté et parfois leur vie pour divulguer au grand public les agissements nocifs et/ou criminels de ces « fauves », ainsi que les désigne l'auteur. Ces révélations étayées de preuves permettent alors à la justice et à la société civile de mettre un terme – plus ou moins définitif – aux exactions commises en toute impunité par ceux qui se pensent au-dessus des lois.

UN THRILLER POLITIQUE

C'est arrivé la nuit n'est pas le premier thriller politique de Marc Levy. Il s'était déjà essayé au genre en 2013, avec la parution de *Un Sentiment plus fort que la peur* : dans ce roman également fondé sur des faits réels, l'auteur met en scène la lutte entre services secrets russes et américains autour de la question du pétrole. En 2012, la publication de *Si c'était à refaire* ouvrait déjà la voie avec l'histoire du journaliste Andrew Stilman, poignardé pour avoir enquêté sur un officier argentin coupable de crimes à l'époque de la dictature. Marc Levy n'en est donc pas à son coup d'essai avec sa trilogie « 9 », même s'il aborde pour la première fois l'univers des hackeurs et va plus loin dans la dénonciation des puissants qui tirent les ficelles de nos vies.

Ce 21e roman de l'auteur correspond bien à la définition que donne le dictionnaire Larousse du genre *thriller* (qui signifie en anglais : qui fait frémir) : « Film ou roman (policier ou d'épouvante) à suspense, qui procure des sensations fortes ». Même si aucun personnage n'appartient à la police, il s'agit bien d'une enquête menée simultanément par plusieurs protagonistes, avec des effets de suspense liés à la fois à la structure narrative et à leurs découvertes successives. Les ingrédients stéréotypes du thriller sont présents sous la forme d'une course-poursuite dans les rues d'Oslo, d'hommes armés qui préméditent des crimes, d'un kidnapping, du vol de documents confidentiels compromettants, mais aussi d'indices distillés tout au long du récit. Le lecteur craint pour la vie de quelques personnages : Ekaterina est poursuivie par un homme de main qui n'hésitera pas à lui tirer dessus, Maya est traquée par les agents secrets turcs qui veulent l'éliminer, Cordélia échappe à son assassinat par deux fois, l'amie de Janice (Noa) disparait… Le danger est quasiment permanent pour les personnages, notamment féminins. Les personnages masculins sont présentés comme des sauveurs qui interviennent à point nommé pour tirer d'embarras leurs homologues féminins.

L'aspect politique est par ailleurs omniprésent avec l'intervention, dès le début du roman, du personnage de Stefan Baron (transposition de Steve Bannon, ancien conseiller stratégique de Donald Trump), un « conseiller politique » dont l'objectif est de permettre à quelques autocrates d'extrême droite de prendre le pouvoir en Norvège, en Italie, et bientôt dans toute l'Europe si l'on en croit les résultats de l'enquête de ce premier tome de la trilogie. Manipulation psychologique des électeurs, attentat organisé pour jeter l'opprobre sur les populations immigrées, corruption de politiciens de premier plan, collusions entre magnats des médias, anciens militaires et dirigeants de multinationales, c'est tout un éventail de machinations machiavéliques qui nous est présenté. Marc Levy se fait ainsi le relai de « théories du complot » qui fédèrent quelques puissants au détriment des principes démocratiques tels que la liberté d'expression, la même justice pour tous, les élections fondées sur le libre arbitre et des informations authentiques, ou encore l'éthique politique. L'auteur peut ainsi être qualifié d'écrivain engagé, car il met en lumière et fustige – à travers ses personnages – les manigances de certains militants d'extrême droite haut placés. Par ailleurs, les faits dénoncés sont, selon ses dires, fondés sur la réalité : le scandale de l'insuline aux États-Unis est par exemple un fait avéré. L'un des objectifs du roman semble bien relever d'une mise en garde des lecteurs par rapport aux manipulations politiques dont ils sont les cibles en période d'élections présidentielles. Ce n'est sans doute pas un hasard si les deux premiers tomes de la trilogie sont parus quelques mois avant l'élection présidentielle française de 2022.

NEUF HÉROS ORDINAIRES, MAIS COURAGEUX

Les personnages du groupe « 9 » apparaissent tous comme des héros au sens de « Tout homme qui se distingue par la force du caractère, la grandeur d'âme, une haute vertu » qu'en donne Philippe Sellier, Professeur émérite de lettres de l'Université Paris-IV Sorbonne, sur le site de la BNF. Ils ont en effet tous en commun de mener leurs activités d'enquête et de collecte de preuves (sous forme de données) en plus de leur emploi, dans le seul objectif de mettre en lumière les crimes des « cols blancs ». Ils peuvent être qualifiés de héros dans la mesure où leurs activités illégales, ou leur simple implication dans les recherches qu'ils effectuent, les mettent en danger à plusieurs niveaux : Janice est ainsi mise à l'écart professionnellement pour avoir enquêté sur un milliardaire anglais, Ekaterina risque de se faire tirer dessus après avoir piraté le smartphone de Stefan Baron, Cordélia est traquée par un tueur pour avoir volé la mallette d'un commissionnaire, etc. Ils n'ont rien à gagner en agissant comme ils le font, si ce n'est la satisfaction d'œuvrer pour la liberté : « Le sentiment que j'éprouvais m'a forcée à regarder le monde au-delà de ma seule condition, à ne pas me contenter de m'offusquer, de protester, de condamner, mais à agir. Et le Groupe 9 en était le moyen. Pourquoi ? Afin que d'autres se préoccupent aussi d'un avenir qui deviendrait inéluctablement le leur, avant qu'ils en comprennent les conséquences. Pour préserver leurs libertés... la liberté ! », explique 9 dans l'incipit du roman (p. 15).

Bien qu'ils soient des hackeurs de haut vol, ces personnages n'utilisent pas leur savoir-faire pour s'enrichir ou pour tirer un quelconque profit personnel de leurs activités. Ils sont animés par un idéal commun, une quête héroïque qui s'apparente au combat de David contre Goliath, et considèrent cette quête comme plus importante que leur propre vie. Cette capacité à sacrifier leur sécurité matérielle, leur bienêtre psychologique, et même leur existence tout entière à cet idéal commun relève bien du courage exceptionnel propre aux personnages héroïques, qu'on trouve notamment dans les épopées. « Sur le modèle du protagoniste de comédie, le héros de roman incarne [...] à la fois un type et un individu » (Jarrety 2001) et c'est bien à un héros archétypal, doté de capacités extraordinaires (ici, le codage), que sont assimilés les différents membres du Groupe 9, tout en déployant des individualités diverses qui permettent au lecteur de s'attacher à chaque personnage.

La force du roman *C'est arrivé la nuit* provient ainsi de l'habile construction d'un personnage héroïque global, le hackeur au grand cœur, divisé en neuf individualités différentes, favorisant ainsi à la fois l'identification de lecteurs divers, et la mise en œuvre d'une structure narrative complexe. Pris isolément, chaque personnage du groupe est parfaitement ordinaire, mais c'est leur fusion au sein d'un ensemble plus vaste qui leur donne le courage et les moyens de poursuivre leur quête. Le groupe de hackeurs prend alors l'allure d'un modèle héroïque destiné à galvaniser les lecteurs.

PISTES DE RÉFLEXION

QUELQUES QUESTIONS POUR APPROFONDIR SA RÉFLEXION...

- Comment expliquer le choix du titre de ce roman ?

- Sur quel tropisme est fondé le début de l'idylle entre Ekaterina et Mateo ?

- Peut-on comparer les personnages féminins, en particulier Maya et Janice, à des Amazones modernes ? Justifiez votre réponse.

- Dans quelle mesure peut-on parler de fiction (le roman étant par définition un récit de fiction) lorsque protagonistes (Stefan Baron pour Steve Bannon, Jarvis Borson pour Boris Johnson, Sucker pour Mark Zuckerberg, etc.) et scandales (Talovi pour Sanofi, JSBC pour HSBC, Roc News pour Fox News, etc.) sont aisément identifiables comme relevant de la réalité actuelle ?

- Quelles comparaisons, au-delà de la thématique, peut-on faire entre *C'est arrivé la nuit* de Marc Levy et *Lève-toi et code, confessions d'un hacker* de Rabbin des bois (éditions de la Martinière, 2018), *Habermus Piratan* de Pierre Ranfast (Alma éditeur, 2018) et *Données personnelles* de Nathalie Côte (Flammarion, 2019) ? Vous pourrez notamment réfléchir au genre romanesque utilisé, à la figure du héros hors-la-loi, ou encore à la structure narrative.

- Quels sont les ressorts de l'intrigue qui permettent de ménager le suspense jusqu'à la fin ? À contrario, quel personnage permet au lecteur d'anticiper les découvertes des protagonistes ?

- L'enchâssement du récit dans une interview fictive accordée par celle dont on ignore même le prénom, personnage omniscient qui en sait plus que tous les autres, vous semble-t-il crédible ? Pourquoi ? De quel procédé courant au XIXe siècle (pensez notamment aux nouvelles de Mérimée) ce stratagème narratif relève-t-il ?

- Le réalisme du roman *C'est arrivé la nuit* est-il accentué ou au contraire dilué par sa structure complexe, la datation de plus en plus précise des faits, la multiplication des lieux ?

POUR ALLER PLUS LOIN

ÉDITION DE RÉFÉRENCE

- LEVY M., *C'est arrivé la nuit*, Paris, Robert Laffont / Versilio, 2020, 398 p.

ÉTUDES DE RÉFÉRENCE

- Émission *La grande librairie*, « Les Robins des bois d'Internet », octobre 2020. URL : https://www.youtube.com/watch?v=15NqojS9e8Y

- JARRETY M. (dir.), *Lexique des termes littéraires*, Paris, Librairie Générale Française, 2001.

- SELLIER P., *Définition du héros* (Professeur émérite de lettres de l'Université Paris-IV Sorbonne), in BNF, consulté le. URL : http://casses.bnf.fr/heros/arret/01.htm

- « Thriller », in www.larousse.fr, consulté le 18/11/2021. URL ; https://www.larousse.fr/dictionnaires/francais/thriller/77939

SOURCES COMPLÉMENTAIRES

- RABBIN DES BOIS, *Lève-toi et code, confessions d'un hacker*, Paris, Éditions de la Martinière, 2018.

- RANFAST P., *Habermus Piratan*, Paris, Alma éditeur, 2018.

- CÔTE N., *Données personnelles*, Paris, Flammarion, 2019.

lePetitLittéraire.fr

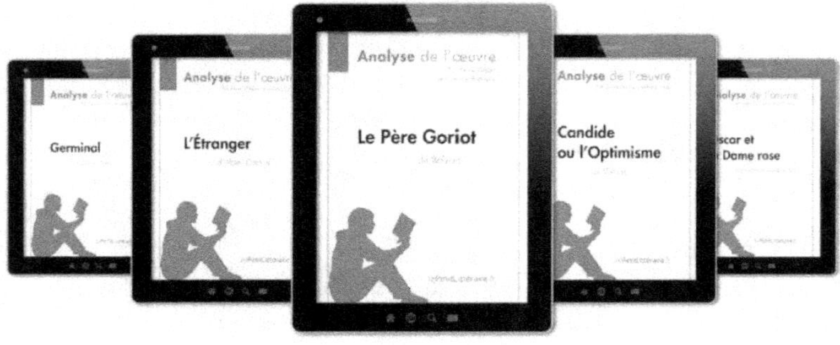

- un résumé complet de l'intrigue ;
- une étude des personnages principaux ;
- une analyse des thématiques principales ;
- une dizaine de pistes de réflexion.

**Retrouvez
notre offre complète sur
lePetitLittéraire.fr**

www.lepetitlitteraire.fr

ISBN version numérique : 9782808023719
ISBN version papier : 9782808023726
Dépôt légal : D/2021/12603/25

Conception numérique : Primento,
le partenaire numérique des éditeurs.